자택경비원에 배정되어

자택경비원에 배정되어

박경호 시집

토담미디어

시인의 말

제가 산본에 처소를 두고 있는 선비로서 산본처사라 했건만
지금은 심각하게 고민하고 있습니다.
이유인 즉 문헌을 보면 처사는 글을 읽고 시를 쓰니
고상하고 신령처럼 사는 줄 알았습니다.
그런데 요즘 저의 생활을 보니
정말 할일이 없거나 남이 함께 놀아주지 않는 외톨이가
시를 쓰거나 글을 쓰는 것으로 느끼고 있습니다.
강호 제현과 잘 협의하셔서
제가 어찌하면 이런 고민의 세계를 벗어날 수 있을까
참새들 고견을 듣고 다시 태어나고 싶습니다.

차례

1부

2부

3부

4부

1부

매미소리

매미소리에 눈 뜨니
창밖이 훤하다
다가가서 보니
어제 왔던 매미 같다

옥타브를 한층 높이는 것이
짝을 찾는 몸부림인지
늦잠 자는 나를 나무라는지

아니면
끈질긴 인고 끝에
이제야 적응되어 가는데
벌써 이승을 떠나기가 서러운지.

붉은 상추와 깻잎

혼자 푸르지 못해 자색으로 변했나
넓고 평편해야 할 잎이 바짝 쭈글거린다
처음부터 늙어 보이니
더 이상 늙지는 않겠구나

이파리 모양은 부잣집 며느리 같이
파랗고 예쁘장하구만
등허리 피부는
늙은이의 손등처럼 까칠거린다
그렇지만 풍기는 향은
임금님 수랏상에서 빠질 수가 없구나

비록 잘 생기지 못했지만
물만 먹고도 잘 자라서
오랜 세월 사람들의 허기를 달래주고
여름날의 밥상을 풍요롭게 해주는
상추처럼 살고 싶고

입에 넣을 때는 껄끄러움이 있지만
감미롭고 은은한 향기가
콧속을 간질이는 깻잎 같은
인생이면 좋겠다.

술이 없어도

맥주가 없어도 고소한 치킨
양주가 없어도 육즙 배인 스테이크
와인이 없어도 쫄깃한 광어회

고량주가 없어도 향이 번지는 팔보채
소주가 없어도 연하게 비린 붕어찜
막걸리가 없어도 순대국은 잘 먹으면서

맛있는 음식에 반주가 있어야 한다고
황당한 궤변 늘어놓는
우직한 산본골 샌님.

혼술

김유신의 말처럼 다니던 식당에
아는 친구 있는지 갔지만 역시나 안 보이네요
오작교가 있거나 영감이 통해야지요

늘 앉았던 곳은 다른 한 쌍이 차지하고
아쉬운 내 마음 어떻게 감출까
겸연쩍은 표정으로 혼자 마시지요.

백내장 수술

백내장 수술하니
누렇게 바랜 셔츠가
새하얀 옥양목이다

감각에 의존하다
눈으로 감지하니
표정도 읽힌다

구백 냥을 구했으니
이웃님의 반가운 눈빛에도
곧 잘 반응하는
다정한 이웃으로
부활을 희망한다.

호젓한 산길

삶의 흔적 더듬어 보며
실현된 꿈 얼마인지
황당한 계산하면서
호젓한 산길 혼자 걷는다

자랑스럽고 아쉬웠던
경험의 허상들이
어지럽게 머릿속을
낙엽처럼 뒹군다

나무는 바람에 떨고
낯선 길 방향 잃고
칭얼대다 잠든 아기처럼
회상도 멈춘다.

거울을 보며

거울 속에 내가 아닌 남이 있다
내 모습 아닌 다른 사람이다
머리는 까맣고 피부도 탱탱한데

내가 눈을 깜박이니까
거울 속 노인도 따라 한다
흉내 내는 것을 보니
내게 관심이 있나 보다

자네는 그때 그 시절을
못 잊는 거라며 씰룩거린다
왜 현실을 인정하지 않고
거짓으로 분칠하려 하는가.

중원의 전투

한 점 놓고 전세를 관망하면서
넓은 평원을 차지하겠다고
잔머리 굴리며 상대를 살핀다

예측하지 못한 곳에서
전투는 시작되어
일합을 겨루다가
후퇴의 배수진을 친다

매복한 아군이 힘을 못 쓰니
성동격서 전술로
상대를 교란시켜본다

노련한 적장은
나의 의중을 읽고서
응수하지 않고
드넓은 중원에
깃발을 꽂는구나.

봄이 오려나 봐요

비 내리는 화단가
촉촉한 땅에
파릇한 풀들이 머리 내밀고

양지바른 공간
봉오리 내민 나뭇가지 아래
눈물 자국들
골목 모퉁이에서 서성이던 바람이
내 볼을 살포시 어루만지니

수줍게 느끼고
마음도 덩달아 설레는 것이
봄이 오려나 봐요.

저녁노을

소나기 지난 먼 산
하루를 마감하는 저녁나절
분홍, 노랑, 회색
영롱하고 황홀하다

구름으로 그려진 석양
청룡, 백호, 봉황, 거북,
미인의 눈썹마저 보태주니
찬란한 우리 산천

젊은 날 호연지기 키우며
얇은 노랑 봉투로 살아온 시절
기대 가득 찬 내 황혼
머리카락 희끗희끗하게 돌아와

주위 사람과 잘 어울리고
경건한 선비로 우아하게 봉사하며
소박하지만 아름다운
저녁노을이고 싶다.

빨간 신호등

신호등이 길을 막는다
계속 가고 싶지만
안전이 제일이라고
한 걸음 늦추라 한다

만나서 반갑건만
내일을 생각해서
적당히 하고
지금 쯤 끝내라고 한다

모처럼 찾아온 친구와
마냥 착한 나에게
더 이상 못 마시게 말리는
아내는 빨간 신호등.

샛별과 초승달

예쁜 초승달 처녀와
총명한 샛별 총각이
매달 초사흗날 저녁
서쪽 하늘에서
공개적으로 데이트를 한다

뚱뚱해지는 모습
보이기 싫어 조금씩 멀리 떨어져도
총각은 그 자리에서
나침판이 되어 기다리고
처녀는 조용히 다시 찾아온다

만났다가 헤어지고
날씬했다 뚱뚱해지고
구름마저 시샘하는
변화무쌍한 공간에서
정다운 모습 아름답다.

선술집

했던 말 또 한다
알아듣지 못한 것 같아
다시 말한다
자네 내 말 이해되었는가

질문과 대답은 이어진다
그게 무슨 말이냐고
개운치 않아 다시 물어본다
똑같은 대답은 반복된다

하고 싶은 말 다 하는데
불만 기색도 없이
동문서답이 계속되고
끝까지 참고 응대하는
그들의 인내가 부럽다

주변을 맴도는 화제에
질문과 대답이 엇갈려도

믿고 의지하는 친구와 함께
고단한 서민의 하루가
저물어간다.

하늘 곳간

하늘은 꿈의 도화지
푸른 바탕에 만물을 그리는 하얀 구름

먹구름 소나기는
일본 순사 피하는 독립군
등에 흐르는 땀줄기

저녁노을과 함께 채색된
한 줄 비행운이 낮밤의 영역을 긋는다

쌀가루 뿌려진 어두운 들판에
저마다 풍족함을 자랑하는
수·금·지·화·목·토·천·해·명

집이 좁아 보관 못하는
매순간 솟구치는 나의 상상을
저 광활한 곳간으로 퍼 나른다.

창밖의 가을

자판 두드리는 나를
창밖의 가을이 부른다
산길 걷는 나를
계곡의 가을이 부른다
멀리 갈 게 뭐 있느냐고
스치는 바람이 붙잡는다

쪽빛 하늘 아래
가로수 울긋불긋
산허리 색동저고리
길바닥 나뒹구는 낙엽
갈 곳 없어 방황하는데
시린 추억이 나를 떠민다.

그러거나 말거나

옆에서 잔소리하고
택시 지난 뒤에 손들어도
큰소리로 전화하는 전철 승객

비 오는데 우산 안 쓰고 그냥 들고 가도
신부가 없는데 주례사 시작해도
울타리 넘어가다 바지 찢어져도

바지 지퍼 올리지 않아
맹숭맹숭 쳐다보거나 말거나
산삼 찾아 떠나는 우리 심마니
그러거나 말거나.

해 저무는 봄날

거친 들판을 훈풍이 어루만지니
새싹들이 푸르른 햇볕을 즐기고

봄 냄새 물씬거리는 개천에
물고기 노닐고 백로가 먹이 찾고

겨우내 살얼음 덮였던 수면이 녹아
넘실거리는 호숫가 산책하던 노공

저무는 태양 고즈넉이 바라보며
다시 찾아온 봄을 더듬거리고 있다.

미운 남편

어젯밤
자정 너머 귀가한다고
졸린 눈으로
미간을 찌푸리던 아내가
아침 먹으라고 깨운다

배시시 눈을 비비고
식탁으로 갔지만
입안이 텁텁해
밥맛이 없다

또 한소리 한다
속도 편치 않을 텐데
북엇국 끓였으니
어서 한술 떠 봐

미운 놈 떡 하나 더 준다더니….

엄살은 여전하다

어젯밤 꿈이 괜찮았지
은근히 기대하면서
웃으며 뒤집지만
머뭇거려 봤자
상대가 가지고 있다니까

그것을 왜 내는 거야
어차피 안 되는 거
그냥 내주고
인심이나 잃지 말자

하필 그것 내주냐
그것 때문에
광박 쓰고 피박 당했잖아
엄살은 여전하지만
웃을 수 있다는 것이
그들의 수담이다.

* 고스톱하는 모습을 옆에서 보고 정리한 것임.

입사 5년차

낯선 사람 어색한 환경
두려움 반 기대 반
나열된 미숙한 용어
서투른 행동

3년이 지나서 부터
후배도 늘어나고
익숙해진 하루 일과
되살아난 소속감

어울리는 선후배
가르치는 선생님 모두
나를 눈 뜨게 해 주는 이곳
늘푸른노인복지관.

도시의 봄

이발한 가로수와
피부관리 받은 보도步道에
햇볕이 다정하다

진열장에 장식된
풀잎 이슬 같은 희망이
행인을 유혹한다

낙엽 옷 벗어 던지고
미니스커트 활보하니
도시의 봄은 활력을 찾는다.

시심회

오래 머물 곳은 아니지만
아늑하니까
방앗간으로 간다

먼저 앉은 사람이 시키고
주는 대로 먹는데
익숙한 남매들

무엇이 그러하도록 했는지
아는 이 없지만
마냥 편하다는 표정이다

경험을 입방아 찧고
지혜를 주워 담아
미래를 보관한다
치맥소 방앗간.

벌초

눈 앞을 가리는 땀줄기
빠르지 않은 아둔한 맵씨
매번 하는 일이지만 힘들기는 마찬가지
반갑다고 찾아와 내 주위를 맴도는
불안하고 귀찮은 날벌레들

말벌을 쫓다가 눈에 들어온 전화번호
벌초대행 010-0000-0000
편하게 바뀌는 세상인데
정성을 쏟아야 복이 온다는
깔따구에 시달리는 낡은 원칙.

도시 모기

도시 모기는
집주인 잘 만나면
엘리베이터도 타고
벤츠 승용차도 탄다

산소 가는 주인 따라
시골도 다녀오고
시골 모기들
어렵게 사는
생활모습도 본다

머리만 굴리면
즐겁게 생활하며
온갖 구경할 수 있는데
배고프다고
아무 피나 빠는 멍청이는
얻어맞아 죽거나
약물중독으로 죽는다.

인생 삼모작

인생은 즐겁다
일모작 때 한 일이 자랑스럽다
결혼했고 아이들 키웠다
무궁한 조국의 앞날에 기여했다

인생은 이모작 때부터라 했다
남들처럼 탑승하고
운동, 등산, 여행, 먹는 일에 시간을 보냈다
머리는 텅 비고 하는 일도 아둔하다

이제 삼모작으로 방향을 틀어야 할 때다
일모작 때와 똑같이 생각부터 서툴다
그냥 읽고, 쓰고, 배우는 길만이
나의 갈 길인가.

눈으로 듣고 귀로 보다

혼자서 산길을 걷는다

하늘에 헬리콥터 한 대가
나뭇가지 사이로 날아간다
헬리콥터는 귀로 보고
눈으로 듣는 타 타 타

발아래 계곡 물이
바위틈을 비집고 흐른다
귀로 보는 맑은 물
눈으로 듣는 졸 졸 졸

나도 이제 아는 것을
오감으로 느낄 수 있다.

다시 밭으로 가고 싶은 배추

김장했느냐 묻는 소리 귀찮아
배추 사서 자르고 절였다
하룻밤 사이 두어 번은 뒤집어야
숨을 죽일 수 있는데
낡은 체력으로 일어나지 못해
아침에 헹구어야 할 배추가
뻣뻣한 근육질로 다시 밭으로 가고 싶단다

달래려고 소금 한 바가지 간식으로 주니
숨을 죽이며 서서히 늘어져간다
부드러운 삭신에 빨간 고추 양념을
문질러주니 맥없이 잠들어버린다
겨우내 함께 할 친구들과 어울려 놀도록
방을 만들어 집으로 보내니 홀가분하다
저물어 가는 달력을 바꾸면서
다시 다가올 변화가 두렵기만 하다.

그 시절 그때

잘못해도 혼나지 않던 때
열심히 안 해도 점수 잘 나올 때
하늘만 바라봐도 뿌듯하던 때
멀리 걸어도 다리 아프지 않던 때
주변 사람들이 축하해줄 때
졸업, 합격, 결혼, 입택, 백수 취임 등
가까운 거리 한글 읽을 수 있을 때
책을 읽어도 눈이 안 아플 때
신호등 반응에 지장 없던 때

그래도 주변사람이 나와 함께
있다는 것을 자랑스럽다고 할 때
그때가 갈빗살 구워 먹는 것 보다 그립다.

풀잎에 맺힌 이슬

풀잎에 맺힌 이슬
언제 떨어질 줄 모른다
해가 나면 곧 말라버릴
길지 않은 수명이지만
오래 가는 여운

예쁜 주변 경치로
더욱 영롱한 무늬
앙증맞게 붙어 있는
놀라운 집착력
애교 만점 움츠린 자태.

방앗간 휴무 유감

달 밝은 방앗간에 나 홀로 앉아
큰 잔 옆에 두고 작은 잔 들이키는 차에
실버가요제는 우리 만남의 정 끊나니.

우후 버섯

비온 뒤
매혹적 색깔로
은밀하게 살면서
수리산 등산객 눈길 빼앗는
가냘픈 미인

떨어진 나뭇잎 사이
수줍은 모습
가까이 하기 어렵고
그냥 지나치기 아쉬워
핸펀에 담아둔다.

파도

파도가 그리움 싣고
멀리서 밀려온다
파도는 오는데
그리움은 보이지 않는다
뭔가 하얗게 보이는 것이
그리움 아닐까

가까이 맞으러
해안으로 내려가니
파도는 바위에 부딪쳐
포말이 되었다

기다리던 그리움 어디서 찾을까
산산조각으로 흩어진 파도여.

마음의 비

봄비는 보슬보슬
나그네 발길 붙잡고

여름비는 주룩주룩
초록으로 물들이고

가을비는 추적추적
시린 추억 되살리고

겨울비는 지척지척
따뜻한 갈증 풀어주고

내 마음의 비는
회상과 함께 울먹인다.

어느 가장의 슬픈 독백

미역국 끓일 줄 몰라
출입문 여는 방법 못 배워
세탁기 단추 작동 못해
엘리베이터 단추 안 눌러
절임배추 간수 안 빼고
시스템 공유 가입 안 해

뭐하나 할 줄 아느냐고
아들 딸 있고 그래도 가장인데
너무하신 거 아니에요?

사회적 거리두기

외출 자제로
카톡으로 대화하는 것 보다
만나서 눈빛 보며 악수하는 것이
TV 화면으로 보기보다
필드에 가서 직접 움직이는 것이
모이고 만나서 웃는 것이
더 맛스럽고 재미있다

사람 사는 것이
서로 부딪치고 견디면서
이해하고 배려하는 것이라고
코로나19는 가르치고

우리는 함께 살아가는
사회적 동물이라는 사실을
새삼 느끼고 아쉬워하며
사회적 거리두기를 실천한다.

코로나19 혼술

감옥 생활이지만
교도관과 창살이 없어
소주 한 되 사다 두고

안주가 좋을 때
홀짝홀짝 하다 보니
재고가 달랑달랑

70 중년 될 때까지
겪어보지 못했던
사회적 거리두기

안경에 김이 서리도록
마스크 귀에 걸고서
또 한 병 사러 나갈까?

코로나 여름일과

파리 뒤를 좇으면
변소 주위만 돌아다니고
꿀벌 뒤를 좇으면
꽃밭을 함께 노닌다기에
벌 좇아 다니다가 벌에…

이런 이야기 들으면
지나가는 지렁이가
배꼽잡고 웃다
허리 꺾어질 일이라는데

집콕 생활 후
여름내
파리 잡지 않고
집 주변 화단만
기웃거렸다.

반가워요 참새들

긴 시간이 흘러
가을앓이 참새 덕에
얼굴 마주하니
더 없이 행복했다

시간 내기 아까워서
꼭꼭 숨어있던
가깝지 않은 산
앞에 앉아 평가하고
지적만 했지
곁에 앉아 소곤대지 않던
현태 형

반가우면 그 자리에서
소리 질러야지
집에 돌아가서
문자로 의견 표시는
억제된 환경에서

성장했던
꼰대세대들의
순수한 마음

지금 이렇게
주절대는 것이
반갑다는 최고의 구약성서.

2부

늦가을 철쭉

철 지나도록 못 보여준 자태
겨울 오기 전에 자랑하는가
바스락거리는 나뭇잎
살랑 떨어지는 화사한 모습
발길을 멈추게 한다

함께 어울리지 못하는
피치 못할 사연 있는지
까칠한 볼에 연지 찍은 모습은
서리 내려 옷깃 여미는 계절에
외로운 꿈만 오락가락
보는 이 가슴 떨리게 하는가.

자택경비원*

취직을 원하지 않았으나
코로나19 환경으로
자택경비원에 배정되어
이제 거의 일 년이 되었다

다른 사람들이 들으면
노후에 쓸만한 소일거리 생겨
복 터졌다고 부러워하겠지만
사정은 기대와 거리가 멀다

성문화되지 않은 불문율 많고
체결되지 않은 임금계약과
젊은시절 성과물인 좁은 활동공간은
오히려 익숙하지 않은 환경이다

업무처리 과정이 노출되어
하는 일마다 지적받고
구성원에게 전혀 도움이 없는

불필요한 존재물로 낙인 찍혔다

익숙한 이 세상에서 이러니
저 세상에 가면 서투른 초심자로
구박 받을까 두려워
하루하루 숨 죽이며 산다.

*은퇴 후 집콕하는 가장의 일본식 표현

지게꾼

60년 넘게 안경걸이 하고
30년 이상 이어폰에 시달리며
1년 가까이 마스크 관리하는 귀

모두가 편하게 살려고
갖은 핑계와 방법을 동원하는데
작대기도 받치지 않은 채
말없이 감내하는 꿋꿋한 모습

양쪽 출입구에 무거운 짐 없이
거리를 활보하는 편안한 모습
부럽기도 하련만
불평 없이 지켜서 듣는구나.

겨울 풍경

새파랗게 질린 하늘은
차가운 공기에 떨고 있고

뿌리를 원망하던 잎은
제 색깔 잃은 채 말라 있고

추억 더듬던 나무는
벌거벗고 멍하니 서 있다.

반월호수

하늘은 청명하고
호수는 고요하고
앞산은 적막하고
나는 방황하고 있다.

그립다

컴퓨터만 보니 눈이 아프다
활동하는 공간이 답답하다

전철 타본 때가 언제든가
얼굴 보러 나가지 못하니

식당 문 열고 들어간 지가 언젠가
집보다 감칠맛 난들

코로나는 만나지 말라고 하니
이렇게 꼭 살아야 하는가

만날 보던 사람들
손도 못 잡고 웃지도 못하니

정녕 구치소 생활보다 더 심한
그립다 그 모습들.

낙엽

겨울비에
떨어진 낙엽은
빛바랜
추억의 편지봉투

밟아보니
차가운
누비이불이더라.

내 주변 산천

공허한 마음 어루만지는 하늘
사색 타고 밀려오는 파도
몽유도원 기웃거리는 운해
굽이굽이 돌아가는 여울물

인간이 뿌려준 공기로 숨 쉬고
지구 적시는 물로 갈증 풀고
보일 듯 잡히지 않는 솜털 입고
도란도란 우격다짐으로 살고 있다.

봄비

대지 적시는 조용한 봄비는
추위에 움츠린 새싹 깨우고
봄의 전령 매화 찾는 벌들과
하얀 솜털 옷 벗어 던진 앞산에서
못 이룬 희망을 속삭인다

자택경비원 70 중년
자드락 길 건너 잔도에서
꿈을 좇아 봄비에 설레인다.

아, 옛날이여

나 이제 돌아가고 싶다
고요를 품고 온 적막한 밤에
예쁜 그리움 상상하던 그 시절로

봄이면 꽃 피는 산천 찾아다니며 어울리고
여름이면 계곡 찾아가 물놀이하던

가을이면 산에 올라 호연지기 뽐어대던
겨울이면 윷놀이하며 왁자지껄이던

나 이제 돌아가고 싶다 그 시절로
내 생각대로 마음과 몸이 함께 하던
그때 그리운 젊음 찾으러
아, 옛날이여.

낙화를 보면서

빠른 세월 피해 공원벤치에 앉았다
아파트 뒤에 버티고 있는 앞산으로
눈을 돌리는데 꽃잎이 떨어진다

제가 제일인 체 활짝 웃을 때는 언제이고
저렇게 키워준 나무를 미련 없이 떠나는가

바람에 부대끼는 생활이 못마땅했던가
땅 위에서 놀고 있는 어린이가 부러웠던가
항상 예쁘다는 말이 부담스러웠던가

낙화유수를 아쉬워하며
고운 봄 향기 뽐내던 꽃잎 곁에서
허공으로 마음의 잔영 흩날린다.

봄 풍경

하늘은 파랗고
공기는 따뜻하다

나무는 잎을 매달고
뿌리는 물을 빨아들인다

꽃들은 화장하고
제일 예쁘다고 뽐낸다

나비는 꽃을 찾아다니고
벌들은 꿀을 모은다

봄이 언덕 너머로
마악 가려고 한다.

밤길

밤길이 무서워 바래다준다

고양이 무서워 못 간다
야경이 없어 안 간다
손전등 없이 어두워 가기 싫다
가로등이 없으면 귀신만 볼 수 있다
무당은 귀신과 친숙하다
나는 무당이 아니다

헤어지기 싫어도 내일 때문에
바래다주어야 한다.

꽃향기

예뻐서 가까이 가니
다소곳한 모습으로
수줍어하고 있다

뭔가 좋은 예감이
머리를 스치며
그리움이 지나간다

그래
향기는 퍼지고
꽃들은 웃고 있다.

나의 오늘

빗소리를 보니
비 내리는 것이 들리고
바람소리를 보니
나뭇잎 흔들리는 것이 들린다

꽃피는 소리를 보니
예쁜 꽃이 귓가에 들리고
새 우는 소리를 보니
나뭇가지에 앉은 새가 들린다

내가 잠 깨는 소리를 보니
나의 오늘이 들리더라.

상처

이 고통을 이겨야
살아 남을 수 있고
종족을 보존하며
지구는 숨 쉴 수 있다

아픔은 한때지만
흔적은 오래 간다

내가 살아야
사람들이 곁에서 쉬고
새들도 둥지를 틀고
벌과 나비들이 모인다.

살아야 한다

뻗어서 내 공간을 넓히고
영역을 확보할 수 있다

감아야 미끄러지지 않고
더 단단히 붙을 수 있다

올라가야 시야가 트이고
넓게 살 수 있다.

아침 빗소리

무서운 소나기
시끄러운 울보
구슬픈 매미
처량한 나그네
다소곳한 새 각시

시간별로
음정을 달리하고
양도 제한하며
강약을 조절하는
오케스트라 지휘자.

지금 우리 그리고 다음은

추워도 입을 따뜻한 옷이 없다
구멍난 양말에
발 시린 검정 고무신 신고
감기보다 동상이 두려운 겨울

보리밥, 죽, 수제비에
단순한 반찬이지만
제삿날, 생일, 명절은 부자였다

문풍지는 찬바람을 막지 못하고
아랫목만 따뜻하여
온 가족이 이불 하나로 모였다

전깃불은 언감생심
남포, 초, 등잔으로 불 밝혀
콧구멍은 까맣고 눈썹이 타도록
공부하며 세월을 이겨냈다

책가방이 귀해
보자기에 책을 묶어 허리에 메고
연필에 침 묻혀 겨우 숙제를 마쳤다

십리길도 멀다 않고
찢어진 종이우산으로 비를 가리고
시외통화는 비싸서 안부전화도 못하고
텔레비전, 핸드폰 없이도 지냈다

500년 동안 바뀐 모습 보다
지난 50년이 훨씬 변했고
만족을 모르며 그저 부지런히 일했다

그저 잘 살아보려고
억척같이 살아왔는데
후손들은 지구가 아닌
다른 별나라에서 어떻게 변할는지.

게으른 여름

하늘에는 글썽글썽 먹구름
세월 원망하는 매미 소리
더위가 등 뒤로 흐른다

가을 색깔 소식 없고
길게 드러누운 여름은
그래도 내가 좋다고
생글생글 머뭇거린다.

여름 코스모스

많고 많은 풀 사이
기운 없이 기다란
초록 색깔에
연분홍 이름표

여름에
철없이 피더라도
코스모스를 보면
가을 추억이
떠오른다.

좋아한다

나

너를

좋아해

언젠가면

그때부터서

너나좋아할때

그런데거짓인가

나보고그냥지나가

그것이진심이었나요

아니면날놀리려는심산

그래도우리는변할수없지

생각하는것이항상같았으니.

가을

한여름 머뭇머뭇
뒷걸음질 서툴다

수줍은 코스모스
논둑에 살랑살랑

계절은 보이지 않고
가을의 속삭임 들린다.

깐쪼 만나는 날

전화하면 금세 만났던 친구
세월 지나니 만날 기회 드물어
모처럼 만나기로 한 약속

왜 이리 설레고 기다려질까
나이 들면 시간이 잘 간다는데
내 시계만 왜 이렇게 더딜까

만나고 싶은 사람 바로 만날 수 있는
알파고는 왜 안 만드는지
운장산 계곡물은 계속 흘러가고

드디어 만나
반갑게 소주잔 기울이니
지루함 간데없이 재밌는데
객지에서 헤어질 걱정하는 할빠.

* 깐쪼: 키가 작았던 어릴적 친구. '쪼깐'을 뒤집은 별명.

다섯 남자들의 말 말 말

매번 그러듯이
오늘도 다섯 명이 모여
반주 곁들인
저녁식사를 하고 있다

이곳은 언론의 자유가 있어 좋다
여기 오면 절대 술은 고프지 않다
그러거나 말거나 좋다
경험을 공유하는 늘푸른 광장이다
아직도 술 마시는 모습 보기 좋다

마님이 뭐라고 하거나 말거나
자기만족으로 생활하시는
선비님들의 우아한 발언인가요
언론에 기사화 되지 않은
구미호들의 은유적 표현인가요.

한강에서 오강까지

한양에서 강원도 옹심이 맛이
한강이면

이촌동 강원도 동태 맛은
이강이고

삼각지 강원도 내장곰탕은
삼강이고

사당동 강원도 코다리 맛은
사강이고

오산역 강원도 쌈밥은
오강이라.

친구 만나는 날

만나면 좋아서
맘 설레며 기다려지는
친구 만나는 날
얼굴 보니 반갑고
귀에 익은 살가운 목소리가
가슴까지 따뜻하게 스며온다

서로 건강 걱정해주며
바라보는 눈빛이
아늑하고 다정하다
항상 그 모습 같은데
조금씩 변하고 옷매무새 느슨하지만
말과 행동에서 연륜이 배어난다

대화 하다보면
그림처럼 펼쳐지는 추억이
벌판을 내닫는 망아지 같아
시계 쳐다볼 겨를도 없다.

바람은 왜 부는가

연애할 때
흰 깃발 치켜들고
벌겋게 달아오른 바람

구혼할 때
청룡연월도로 진군하는
용맹한 바람

결혼 후
존재감 자랑하는 소슬바람

그 후에도
바람은 잠시도 우리를 가만두지 않는다.

부질없이 버티다가

왜 이렇게 늦느냐 묻는다
그냥 대답 안 했다

아침 먹으라고 깨운다
안 일어났다

점심 때 고픈 배 잡고서
기다려도 안 온다

누울 자리 있을 때 버텨야지
괜히 폼 잡다
밥도 제때 못 먹었다.

피곤한 귀가

여름비는 온 천지를 푸르게 하고
저녁바람은 나뭇잎 사이로 지나가고
젖은 셔츠 사이로 추억은 끼어들고
서산에 기대어 있는 반달은 낭군을 찾고
신발 소리 요란하게 부지런 떨고
어깨에 올라앉은 가방은 기우뚱거려
하고 싶은 일 다 생각 못한 지루한 하루.

모두가 밝은 사람

길가다 우연히 인사한 그 남자
화장실 청소하는 그녀의 미소
떨어진 마스크 주워 주던 그 학생

전철 옆 좌석 할머니 해맑은 표정
따사로운 맘씨 가진 사람들이
주변에 이렇게 많은데

내 마음 온기는 어디로 가고
만날 아쉬운 생각 속에
선글라스 쓰고 다니면서
밝은 세상 부끄러워하는지.

하는 일마다 혼날 짓

밥 먹던 상 위에
책과 노트 널려 있어도
머릿속은 공활하고

손가락 아프게 쓰고
눈물샘 마르게 읽으니
늘어나는 병원비

운산은
무엇이 가정에 도움 될까
친구 만나는 아지트만 들락거릴까

하필 비 내리던 날
비만 흠뻑 맞고
뻘 속에 빠져 허우적거리겠지.

거꾸로 사는 세상

나이 들어 보이는데
젊어 보인다는 사탕발린 말은
거꾸로 보는 세상 아닌가

주변은 빠르게 움직이는데
하는 일 마다 굼뜨고
넉살 좋은 고양이처럼 다가오네

천천히 생각해야 되는데
끓는 물처럼 기대가 앞서고
커피부터 마시니 일이 제대로 되는지…

부른 배 고프다 하는데
누가 그 속을 알까
이 어찌 답답하지 않은가.

즐거운 인생

와

정말

나는 야

자유스럽게

시처럼 곱게

꽃처럼 예쁘게

바다처럼 드넓게

바람처럼 자유롭게

친구들과 다정스럽게

아는 사람과 눈치있게

함께 있는 것이 즐겁게.

빨간 그리움

지는 노을은
짝 잃은 기러기와
함께 날아가고

여기저기 흩어진
빨간 그리움이
나를 붙잡는다.

떨어진 나뭇잎

반팔 입고 길을 걷는데
발밑이 부스럭거린다
근처에 또 다른
철 이른 낙엽이 있다
아직 색깔이 진하지 않은데
예민한 반응을 보인다

더워도 긴팔 입고 걷던
봄을 모르는 선비
마른 잎이 떨어지면
한 살 더 가져다준다는
재빠른 계산은
남이 따르지 못한다.

추석 단상

어릴 적 추석은
새 옷 입고 산소 가기

군인 시절 추석은
파란 하늘 보며 집 생각

직장생활 추석은
방학 기다리는 초등생 심정

결혼 후 추석은
장 보고 청소하는 반가운 날

은퇴 후 추석은
돈과 허리가 고통스럽고
추억을 곱씹는 허망한 날.

어렴풋한 그 시절

귀뚜라미 울어대는 가을
그리운 추억이 조금씩 커지고

하늘 모퉁이 휘감던 노을이
어둠 속으로 사라질 때면

어렴풋한 그 시절의 연민이
내 가슴 속으로 절절히 흐른다.

추억이 익어가는 계절

색색이 염색한 머리로
태양을 이고 있던
잎새들이
이제 때가 되었다고
떨어지는 계절

머물 곳을 찾아
창공으로 날갯짓하는
둥지를 벗어난
새들의 무리가
부러운 계절

높고 파란 하늘
정처 없는 바람
흩날리는 낙엽
한들한들 코스모스
추억이 익어가는 계절.

3부

호숫가에서

석양 노을에
숨결을 감춘
달그림자 영롱한
호숫가

한사코 울어예는
풀벌레와
추억 찾아 헤매는
물새들이
고향산천 그리는
나그네를 울린다.

바람이 전하는 말

희미한 추억을 기웃거리며
세월에 걸터앉은 운산에게
여전히 가능성은 있으니
기다려 보라고
바람이 전하고 지나가네.

가을 찾는 남자

가을 찾으러
들녘으로 나가니
반가워 손짓하는
외로운 그림자 하나

바람이
우두커니 바라본다.

영그는 시심

두 백 번째
시를 쓰다 보니

생소한 단어 쓰면
노숙한 표현이 되고

언어를 비틀면
곧은 해석이 되고

시어를 뒤집으면
뜻이 제대로 이해되고

꽃이 말을 걸어오니
가까스로 영글어 가는 시심.

여백을 채워가며

땀을 흘려야만
생존으로 인정받기 때문에
버티려고 발버둥쳤던 시절

무엇이 그리 하게 했던가
배고파서 그런 것 아니었고
그 시절 모두 그렇게 근면했다

술 한 잔에 정을 나누며
다정한 미소로 격려하고
산도 가고 바다도 찾아가
마음껏 호연지기 기르고

사랑도 미움도
점차 희미해져가는 나이에
아직 비워둔 여백을 채워가며
우아하고 활기찬 노을을 그린다.

희로애락 상자

기쁨 너머로 울화통 있고

성냄 너머로 화해통 있고

슬픔 너머로 웃음통 있고

즐김 너머로 빈깡통 있고

미움 너머로 골빈통 있고

여백 너머로 채움통 있고

서산 너머로 망각통 있다.

부서진 망각

해묵은 서랍 속
부스러진 망각을
맞춰보니 추억이더라

추억을 줌렌즈로 끌어당기니
빛바랜 기억으로 오더라

기억을 치장하니
기쁨, 아쉬움, 슬픔이더라

기쁨은 바람 사이로 날아가는데
아쉬움은 한숨에 묻어 나오고
슬픔은 눈시울을 만지작거린다.

인생

가는 것 보내 주고
오는 것 받아 주고

힘들면 힘든 대로
쉬우면 쉬운 대로

있으면 먹고
없으면 참고

하고 싶은 대로
놀고 싶은 대로

산이 좋으면 산에 오르고
물이 좋으면 강가에 앉아
추억에 젖어든다.

문밖의 햇살

밖에서 뭐하니
구름 등진 햇살
들어오지 않고

햇살 가지런히
얼굴이 밝아 오고
살포시 스며드니
따스함 적셔오고

밖에서 서성이는
햇살 한 상자 담아
이슬 한 잔 마시고 싶다.

뜨는 해 지는 해

뜨는 해는 찬란하고
지는 해는 아련하다

뜨는 쪽은 생기발랄하고
지는 쪽은 기운이 쇠하다

해가 뜨면 세상이 밝아지고
지는 해는 어둠이 동행한다

뜨는 해는 잘 가라고
문 열고 배웅하면서
지는 해는 가거나 말거나
소파에서 화면만 응시한다

누가 동쪽이고 서쪽인지
알 만한 사람 알겠지만
해가 져야 해가 뜬다는
진리는 먼 곳에 있지 않다.

야간 산책

아파트 틈새로
비집고 들어온 달그림자는
긴 겨울 밤 등잔불 곁에
글 쓰는 선비 모습 흉내 내고

아무도 모르게
홀로 남겨진 고독은
낮부터 집적거리더니
어둠 속으로 따라 다닌다.

미운 남자

돈 벌어 오는 기계로 생각해
예쁘다는 나이에 결혼했는데
은퇴 후 돈도 못 벌고 놀고 있어
팔 아파 집안 일 도와 달라는데
돈 안 되는 시인 되겠다고 한다

연금 받으니 생활은 된다고
말 같지도 않은 궤변을 뱉으면서
지 잘난 맛에 사는 사람
꽃이 진다고 바람 탓할 수 없고
답답한 생활 징하게 미워 죽겠다

백수 밥해주기도 힘든데
시 쓴다고 지 혼자 설치니
이런 답답한 남자 어디다 버릴까
썩지 않은 물건이고 무료니까
아무나 거저 주워가세요.

빈틈없이 흐르는 시간

우리는 세월이 빠르다고 한다
막상 기다리는 시간은 지루하다
좋아했다 싫어하는 것처럼
마음 먹기에 따라 느낌이 다르다

그러나 시간은 성실하다
눈 속으로 사라진 발자국처럼
세월을 따라가는 우리들 곁을
한 치의 오차 없이 지나간다

부지런하고 성실한 시계 따라
한 번도 빠지지 않고 나이 챙겼고
계절만큼 머리에 서리가 내렸고
성실해서 이마에 계급장도 달았다.

하늘과 눈썹

반월호수 가서 물 위로
흘러가는 구름 보고 싶다
호수 귀찮게 일렁이는 바람이
수면 깨물어 구름이 흔들린다

고개 들어 하늘 쳐다보니
바람은 안보이고 소리만 들린다
구름 몰아낸 바람이 초승달 눈썹과
데이트하고 있다.

산천을 보며

강이 푸르니 새가 더욱 빠르고
산이 푸르니 꽃이 더욱 예쁘고
하늘 보니 구름이 더욱 하얗고
나를 보니 세월이 원망이더라.

노인

말없이 천천히
그림자와 함께 가는 노인

적막한 골목을 덮은 그리움
가로등 아래
홀로 세월 안고 방황하는
우리 시대 나그네.

눈 내린 아침

눈을 떠보니
하얀 눈이 소복이 쌓였다

오늘은
세월처럼 유유하게
다정한 말 건네주는
그런 사람 만나고 싶다.

달 뜨는 호숫가

석양이 다소곳하게 머물던
반월호수 고요한 밤
노을 비낀 달은 수면 아래 잠겨 있고
허공에 긁적이려는 시심으로
둘레길 추억에 젖어 있는데

아까부터 말 걸어오던 바람이
외로움에 떠밀려 심술부리니
다정스럽게 눈길 보내던 달
서툰 몸짓 물결에 깨져버리고
이지러진 시상만 어른거린다.

생각이 이어지는 밤

추적추적 비 내리는 밤
가라앉았던 어릴 적 기억으로
꿈 속에 잠꼬대하던 소년이
손꼽아 기다리던 화려한 봄날은
텅 빈 외로움 속에 시들어간다

별들이 수다 떠는 밤하늘
이파리에 부대끼는 나뭇가지에
꿈을 묶어두고 상상의 나래 펴며
숨 가쁘게 달려온 삶과 함께
희망은 아련하게 메아리친다

그 시절 용케 견뎌왔다고
대견스럽게 내딛는 이야기되어
모락모락 피어나는 굴뚝연기처럼
한없이 생각이 이어지는 밤.

아는 줄 알았더니

바람이 스쳐 가면 나뭇잎 흔들리고
큰 배 지나가면 물결 요동치고
조용히 숨어도 그림자에게 들키고
하나 더하기 하나는 셋도 되고 넷도 되고
아는 듯 미소 지어도 사실은 몰랐다

눈에 삼삼해도 실제로는 보이지 않고
황혼이 예쁜 줄 알지 세월 가는 줄 모르고
나 혼자 안다고 으쓱대봤자
기껏해야 하늘 아래 모자
땅 위의 신발이더라.

세월 예찬

오는 계절 가파른 호흡
가는 추억 애달픈 사연
주름 잡힌 세월의 이마
비에 젖어 떨어진 잎새

늙음 위에 피어난 희망
다시 함께 맞이한 아침
오늘 하루 굳건한 다짐
이제 한창 설레는 여생.

검은 머리 흰 머리

직장생활하면서
계급의 존엄성을 배웠고
사회생활 구성원으로서
연장자에게 순종하면서
인생 골목길 거쳐 왔다

꼰대 관념 훌훌 벗어던지고
오직 그리움과 즐거움 찾아
모임장소에서 뒤섞이고 보면
변검술사 같은 염색머리로
윗목 아랫목 구분하기 어렵다.

상상이 꽃피는 마을

공허한 마음 어루만지는 하늘
사색 타고 밀려오는 솔바람
노을에 젖어 일렁이는 호수
굽이굽이 흘러가는 여울물

꽃잎 적시는 이슬로 갈증 풀고
보일 듯 잡히지 않는 안개 덮고
제 길 따라 흐르는 공기로 숨쉬며
상상이 꽃피는 마을로 날아간다.

라떼 마시는 어느 가을날

직장 앞 다방에서
쌍화탕 찾던 그때 그 시절
눈치 빠르게 단장한 레지와
허술하고 어리숙한 신사가
계란 노른자 건져먹던 사교장

힘들었던 학창시절 문을 닫고
축음기 팝송으로 영어 공부하며
안개 속 미래를 더듬으면서
조국의 앞날에 희망 걸겠다는
단아한 마음으로 다니던 그곳

디저트가 빠져서는 안 되니까
익숙하지 않은 낯선 메뉴와
이름도 생소한 외국어 간판
태풍에 혼줄 난 여름이 물려준
가을이 찾아와 머무는 커피숍

인생의 봄여름 아쉽게 보내고
빠듯한 세월 견디어 오면서
냇가에서 가재 잡던 추억 살리며
세월에 밀려 날아온 낙엽이 들려주는
소식 들으며 라떼로 시간 붙잡는다.

매미

이명인 듯 구분하기 힘들어도
비가 그치니 매미 소리 따갑다
나무 가지에 착 달라붙어
떠나야 하는 세월 원망하는
서러운 울부짖음인가

흐르는 땀 주체하기 힘들어
졸졸 흐르는 계곡물 그려보며
시원한 바람 기대하였건만
처량한 매미 통곡 들으니
또 한 계절 가고 오려나 보다.

담쟁이덩굴 벽화

먹고 살 땅 마땅치 않아
힘겹게 붙어 기어오르며
풀과 나무 사이에서
오랫동안 참고 견디며
담벼락 기어오르는 담쟁이덩굴

도로 마저 낙엽으로 덮어쓰고
색색이 제 모양 자랑하려고
갖은 교태부리는 이 계절에
메마른 모습과 옷 색깔이
한 편 벽화로 나무랄 곳 없구나.

감투봉 아가씨

수리산 저녁놀 붉게 물들어 가면
과거 보러 간 님 위해 기도드리니
지성이면 감천이라 장원급제하였네
하늘의 응답이 고마워 찾아간 봉우리
여인의 미모를 탐하던 용과 호랑이
천지가 요란하게 싸움을 하니
아씨는 무서워서 혼절했다네

기쁜 소식 안고 고향으로 돌아오니
반갑게 손잡아 줄 그 사람 보이지 않고
도련님은 아씨 찾아 산에 올라가니
님이 와도 여인은 깨어나지 못하고
벼슬, 감투, 사랑 가까이 다가 왔는데
도련님과 아씨는 함께 저세상으로
관모로 변한 봉우리 한 맺힌 감투봉.

복지관 가는 길

한파주의보 예보에 따라
단단히 채비하고 나섰는데
아파트 밖으로 나오니
마스크로 가린 코끝이 맵다

시퍼렇게 멍든 하늘 아래
안경 사이 바람으로 눈이 아리고
달력보다 과장되게 대비하려는
동계 훈련복 입은 부러운 여인들

복지관 가는 길
칼끝으로 손등 쑤시는 듯한
차가운 바람에 밀려 걷는데
낙엽도 같이 가자고 따라온다.

언제 올까 그때가

막연한 것이 사람 마음
불현듯 생각나는
두근두근 그때

소풍 날
기다리며
설레던 그때

갖고 싶은 물건
그것 만지려고
조심스러운 그때

결실이 이루어져
상 받는 날
콩당콩당 그때

약속시간 늦어
버스 기다리는

지루하던 그때

여행의 끝은 알지만
인생의 끝은 모르니
세월행 종착역은 어디

구름 같은 인생
언제나 올까
기다림이 그때인가.

방앗간 참새

참새가 방앗간 두 번 가면
낯익은 달력이 넘어 간다

응축된 언어 찾는 신 중년의
학구적 갈증이 증폭되어

읽고 보고 듣고 말하고
따뜻한 사람 냄새 풍기며

족집게 같이 지적하고
겸손하게 경청하면서

목마른 나뭇잎으로 날아와
파릇하게 움트는 새싹 되어

맑은 미소와 정이 담긴
다듬어진 詩로 마무리한다.

소나기

으르렁 컹컹
울부짖던 검둥이
갑자기 눈물을 뿌리더니
잠시 후
랜턴 빛을 비추면서
환한 미소와 함께 사라진다.

공원 벤치에서

봄날 공원 벤치에 앉아
진주 이슬 목걸이 한 거미를
아슬아슬한 마음으로 바라본다
새소리에 물든 봄 향기
바람에 아련히 날아가고
힘없이 흩어지는 구름도
옛 이야기 속삭이다 머뭇거리고

그리움 더듬어 가고 있는 그때
나도 백로처럼 멋지고 싶다는
목마른 까마귀 눈물소리에 놀라
봄에 취한 넋두리를 벗어 던진다.

목련꽃 떨어질 때

예쁜 목련꽃이 떨어질 때
내 마음도 멀어지듯
밟히는 꽃잎마다 서글프다

곱던 모습이 만신창이 되도록
봄을 데리고 오려는 간절함으로
처절한 절규가 이어졌구나

아름다움과 우아함으로
모두에게 희망을 바래다주었던
짧았던 순간들 기억한다

떨어진 꽃잎이 나이테로 변하고
지난날의 아련한 소리로 남아
반복되어 왔던 계절을 회상한다.

안양천변을 걸으면서

봄날 안양천 산책길 걷노라면
꽃들은 어깨 들썩이며 미소 짓고
물고기와 새들의 반겨주는 모습에
낡아가는 그리움이 하나 둘 떠오른다

솜털 같은 흰 구름 쳐다보며
하늘아래 우뚝하니 걸으면
생각이 냇물처럼 스스로 흐르니
시원한 봄바람은 달콤하다

세상은 이렇게 부드러워
맘속에 길게 여울져 남겨지고
아무리 걸어도 봄날의 추억들은
희망의 징검다리로 연결된다.

따분한 오후의 공상

어느 따분한 오후
빈터에 꽃들이 노랗게 물들고
바람도 피곤하다고 쉬고 있을 때
조용해 보이지만 공허하다

빠르던 세월이 더디게 지나가도
나에겐 의미 둘 수 없고
증폭된 심심함이 허공으로 떠돌며
마음속 적막함이 사라지지 않는다

어디선가 들려오는 새소리가
나를 싣고 높이 날아가니
외롭고 지루함이 저물어가도
맥없이 나른한 추억만 토해낸다

하지만 나를 다독이고 안아주는
마음속의 한 장면을 떠올리며
따분한 시간을 버티는 공상은
희망의 구름다리를 걷는 내 모습.

친구

떨어져 있으니 생각나고
말없이 서 있는 가로수에서
새소리는 감성으로 피어나고
그립다고 이파리가 손짓한다

오랫동안 간직해 두었던 기억
주섬주섬 모아 지우개로 닦아도
언제나 기다림은 두근두근
창밖의 계절 기다리는 기분

듣고 싶은 소리는 까치로 변하고
생각이 파노라마로 이어지며
선술집에서 한잔하는 상상이
친구가 보고 싶다는 독백이었을까.

물처럼

온 세상 적시며 생기 돋우는 빗물
목마른 사람들 위해 솟아나는 샘물
적막한 산천에서 노래하는 개울물
구석구석 손짓하며 함께 가는 강물
모든 물들이 가족으로 모이는 바닷물
기쁘거나 슬플 때 글썽이는 눈물

아래를 챙길 줄 아는 배려
항상 낮은 데로 움직이는 겸손
말없이 조용히 스며들어
빈곳을 채워주는 넉넉함
모두에게 없어서는 안 되고
공감할 줄 아는 소중한 보배

족보도 감추고 봉사하는 물처럼
너울거리며 지혜롭게 내려앉자.

시도 때도 없이

그리움이 밀려오는데
어떻게 해야 할지 모르겠다
언제나 지나간 흔적들이
허전함 속에서 떠오르곤 한다

어린 날 또는 언제일까
추억들이 뒤섞여 흐르는 시간
생각으로 떠나보내기엔
여전히 머릿속에 남아있고

복잡한 마음이라 창밖을 봐도
정리되지 않고 가슴 쓰리는 밤
꺼지지 않는 불빛 따라
어디론가 멀리 떠나고 싶다

시도 때도 없이 찾아오는
그리움을 대접하지 못해
답답한 심정 가누기 어려워

억지웃음 지으며 주위를 살핀다

어차피 올 그리움이라면
떠오르기만 하지 말고
멀리 떠났던 기억과 함께
시간 정하여 와주길 바래본다.

다정한 이웃

이름도 모르고 나이도 모른다
나가고 들어올 때 마주칠 뿐
아파트 라인이 같다는 이유로
만나면 반가운 미소 보낸다
어디 가시는가요
어디 다녀오세요
멀뚱멀뚱 모른 체하지 않고
다정스러운 대화 나눈다

엘리베이터를 같이 타므로
얼굴 익으니 외면하지 않고
안부 물어보며 인사하는 이웃은
먼 곳의 형제자매 보다 가깝다
인간미 없는 세상이라고 하지만
같은 지역사회의 사람들과
서로 인사하는 것이 일상생활이니
정겨움을 함께 나누는 다정한 이웃.

꽃을 보면서

계절이 꽃철인지라
꽃들이 웃고 있다

지나가는 사람이
참 예쁘다고 한다

나는 걱정이 앞선다
미인박명이라는데….

아침 햇살

햇살이 어스름 헤치며
희망 실은 소식 동반하고
메마른 가슴에 생기 담아
따사로운 이웃으로 다가온다

그늘진 현장을 밝혀주는
길잡이 역할도 하고
나뭇잎 사이로 스며들어
바람과 손잡고 농담도 건넨다

아침 고요가 새소리에 놀라도
어제보다 밝은 마음 더하여
햇살과 함께 시작되는 하루.

흰 구름의 일과

푸른 하늘 흰 구름은
거칠지 않은 솜씨로
긴 시간 매끈하고 다양하게
뭉실뭉실한 작품을 쏟아낸다

조명 담당하는 태양이
피곤한 하루를 뒤로 하고
서산 노을을 태우며
희망찬 내일 기약하면

광활한 무대 위에서
연출하던 흰 구름은
지친 하루살이 안 되려고
붉은 잠옷으로 갈아입는다.

4부

여름나기

책상 앞 의자에서
선풍기 틀어놓고
더위 식힌다고 앉아

바다에 가서 파도 타고
시원한 계곡물에 발 담그고
물놀이장에서 튜브 타고
매미소리 요란한 나무 밑에
지난 날 재밌던 여름 뒤지다가
그만 더위를 깜박 잊고 말았네.

세월의 풍랑

눈 뜨면 아침이고
돌아서면 저녁이고
월요일인가 하면 벌써 주말이고
세월이 빠른 건지 내가 급한 건지
거울 속의 나는 낡아있다

시간은 빠르게 지나고
달력을 뜯을 때마다
꿈과 희망을 기대하지만
세월은 물처럼 출렁거리며
인생을 비춘다.

사계절

아지랑이 가물거리는 봄역
개나리, 진달래, 철쭉, 벚꽃 보면서
마음 다스리지 못하는 새악씨들

잎새들 사이로 바람 불러오는 여름역
장미, 나리, 채송화, 호박꽃, 소나기 사이로
몸매 뽐내는 미니스커트 새내기들

선풍기 치우고 들판 가르는 가을역
코스모스, 국화, 허수아비, 단풍에 휩쓸려
옆구리 터진 김밥이라도 맛있다는 꼰대들

열매 버린 단풍 싣고 밀려온 겨울역
장갑, 목도리, 털모자, 마스크, 외투로
추위와 거리 두려는 앙증맞은 남녀노소.

가을이 오는 소리

맹꽁이 매엥~꽁이 아니고
우르르 쾅쾅 소나기도 아니고
시냇물 조잘대는 얘기도 아니고

나뭇잎 스치는 나긋한 바람
남쪽 향한 철새들 멍한 눈빛
짧은 생 서러워하는 매미의 통곡
하루가 아쉬운 하루살이 푸념

무심한 구름이 답답해 내뱉는 소리
마냥 청춘으로 알던 꽃 지는 소리
들녘에서 농부들의 허리 펴는 소리
창고에 있는 허수아비 눈물 소리
달력 뜯고 돌아서는 노인의 한숨 소리.

그림자와 나무

해 뜨는 낮
불 밝은 밤이면
나는 말은 할 줄 모르지만
여러 모습 그릴 줄 안다

내 모습을 숨겨준
너 참 고맙고
그리려는 모습에
배경까지 더해주니 고맙고
만보 걷기 힘든 나에게
쉼터 마련해주어 더욱 고맙다

고마워 할 것 없어
나는 그저 내 자리만
지키고 있을 뿐이니까.

바람은 심술쟁이

바람은 심술쟁이
비오는 날
우산 뒤집고
유리창 흔든다

바람은 심술쟁이
조용히 쉬는 나뭇잎 건드리고
길 가는 할아버지 모자 벗긴다.

가족사진첩을 보며

고요에 묻힌 시간을 더듬으며
추억 속 가족사진첩을 뒤적인다

어린 날 흔적이 눈앞을 스쳐 가는데
함께 한 기억이 감동스럽게 다가와
가슴으로 다가오는 정이 느껴진다

저마다의 희망과 기대를 안고 살아온
잊혀진 이야기가 들어 있는 그림들

오래도록 지키며 함께 할 가족들과
시간이 흘러도 변하지 않는
혈육들의 사진 보며
끈끈한 우애를 매만져본다.

흰 구름

흰 구름은 좋겠다
손과 발이 없어도
푸른 하늘 바다에서
수영할 수 있으니까.

산성에서의 하루

초록으로 도배된 골목길 따라
청아하게 울려 퍼지는 계곡 물소리

메마른 연기가 협곡으로 피어오르고
구름인지 안개인지 분간 못하는 어중이

멀리 구곡능선 사이로 파란 호수
산 아래 하늘이 펼쳐진 별유천지 비인간

현대와 과거가 혼재된 산성의 하루는
세월은 잊고 계절만 보이는 무릉도원.

가을맞이

잊혀가는 일들이 떠오르고
아득한 숨결이 다가오는 가을
방황하는 바람소리에 절규하며
나무들이 오색으로 단장하고
고요한 속삭임이 끝없는 계절

나뭇잎에 떨어지는 세월
구름 없는 하늘 푸른 정원에
선선한 바람이 불어오고
옛 시절 그때를 떠올리며
노인은 어설픈 표정 짓는다

단풍이 물들어가는 저녁
추억이 파도처럼 밀려오고
행복과 아픔이 함께 했던
아쉬운 지난 모습 흘러가니
노인은 넋두리로 대신한다

그리움 쌓인 낙엽 밟으며
어릴 적 꿈은 아름다웠다고
순진한 미소를 지으며
낙엽 흩날리는 나무 아래서
그윽하게 가을맞이하는 노인.

가을 엽서

파란 하늘은 가을 엽서를
계절 바람편에 실려 보내고
여름 소맷자락 놓친 흰 구름은
조용히 꼬리 흔들며 흩어진다

더위 먹은 호수에서 피어나
주변 헤매던 안개도 사라지고
물결에 구겨진 파란 하늘은
찬바람 부둥켜안고 넘실거린다

게으른 골목 지나온 바람이
나무들에게 엽서를 건네주니
가을잔치 시작한 하늘 따라
꽃단장으로 분주한 이파리들.

일출

어제 못 다한 말
오늘 전하고 싶어
살포시
얼굴 내미는 그대.

내 친구

둥근 다람쥐 눈을 가진 너
별들을 구슬 치며 놀던 때
나를 헹가래쳐주던 너

너를 만나면 호수도 잠잠해진다
흰 구름은 흩어지지만
너는 찰떡 같이 붙어있는 반창고.

연꽃

잘났다고 모가지 쏘옥 내밀고
친구들 밀치며
혼자 튀어나오는
저 얄미운 녀석

그래도
버릴 수 없는 동반자.

순댓국과 시니어문학반

물든 나뭇잎 떨어지는 계절에
긴 머리 풀어 헤친 억새가 한숨짓는
근린공원에서 수다와 인증샷으로
예술제 더듬다가 순댓국집 들어섰다
가던 날이 장날이니 손님은 꽉 차 있어
주인의 배려로 원탁자리 배정 받고
서로 마주 보노라니 선남선녀들의
밝은 표정이 모처럼 해와 달이었다

일렁이는 마음과 어울리는 서먹함에
우수상 선정 소식 핸드폰에 전해오니
모이면 좋은 일 생기는 시니어문학도
자랑스러운 미소 지으며 한 병 더 시킨다
부담 없이 살아가는 이야기에 덧붙여
건강한 모습으로 글 쓰자고 다짐하며
낡아가지만 유연하고 부드러운 노을에
복지관 회원들만 갖는 건배 시간.

낙엽을 밟으며

낙엽을 밟아보니 무게를 못 이기고
나무로 부터 쫓겨난 처량한 흔적

뭉치면 산다는데 바람에 속절없이
흩어져 헤어진 동료를 찾는가

잎을 보낸 나무는 가릴 것이 없어
새들의 쉼터로 피곤한 하루 보내고

가을비에 젖어 흐느끼는 모습 보면서
안타까운 마음으로 지르밟고 지나간다.

*지르밟다: 위에서 내리눌러 밟다.

세월에 업혀 살다보니

세상 물정 모르던 시절
개념 없이 잠자리와 송사리 잡으러 다니며
오직 밥 먹을 때를 시간으로 알았고

학교 다닐 때는 시험 보는 때가
시간이라고 알아 아껴야 했고
그 기간 열심히 하면 점수가 좋았다

직장 다닐 때 시간이 부족하여
늦은 밤까지 책상에 엎드려
야근하던 기억 새록새록 하다

그렇게 시간이 모여 세월이 되고
결심한 횟수가 쌓인 흔적으로
업혀 살다 지금 내 모습 되었구나.

노란 은행잎

암수가 거리 두고 가슴 조이던
청춘의 푸른시절 어디에 팽개치고
가지에서 뛰어내려 땅 위에 뒹굴며
서럽고 화려하게 통곡하는 은행잎

무거워도 가슴에 달고 있던 열매는
세월에 지친 고령층에게 환영받지만
색깔만 찾는 젊은 층은 고약한 냄새로
눈은 호강하고 코를 고통 받게 한다

고고한 귀족 자태로 곧게 뻗은 줄기는
30년 지나야 열매 맺는 은빛 살구로
무수한 잎이 뒤엉켜 옛 영광 찾으러
불전함에서 쏟아진 황금방석이 된다.

근린공원

깊은 가을날 근린공원에 오니
바람결에 넘어졌다 일어선
억새가 요란하게 흔들리고 있다

찬바람으로 창백한 하늘 아래
두껍게 챙겨 입은 사람들과 달리
변함없이 그대로 서 있는 나무들

이파리들은 색깔로 옷 갈아입고
길 바닥에서 산란하게 덤벙대며
어수선히 사람 곁으로 다가온다

바람 따라 산책길에 소용돌이치며
몸 굴려 달려드는 떨어진 잎들을
짧은 가을 정취로 정겹게 밟아본다.

가을연가

흐드러지게 화장한 자태에
알록달록 떨어지는 잎새

하늘엔 흰 구름 두둥실
예쁜 모습 아쉬워하며
가을은 저만치 간다.

떠나는 가을

푸른 하늘 초록 산으로 와서
짙은 화장하면서 유혹하더니
미련 없이 훌훌 벗어버리고

한 장 남아 쓸쓸한 달력 앞에
아쉬운 심정 드러내지 못하고
삭풍에 밀려 떠나는 가을.

겨울이 오는 길목

우두커니 서있던 허수아비 사라지고
푸른 숲이 알몸 되어 바람에 떨고
그 좋던 시절 가을은 기어이 가더니

두꺼운 옷 사이로 스며드는 찬 기운
별빛 아래 전철 소리 맑게 들리고
바람이 길가에서 소리 지르는 밤

어둠은 벌거벗은 나무를 데려가고
시린 이마는 따뜻한 온돌 찾아가며
빛바랜 희망 더듬거리는
겨울이 오는 길목.

되는대로 말 잇기

추억의 진실은 사진
사진에 무엇이 있나
길가의 넘어진 나무
나무를 괴롭힌 바람
바람은 구름의 친구
친구는 언제나 거울
거울에 비치는 하늘
하늘은 정말로 높아
높은데 있으면 아찔
나있는 이곳은 깊다.

그리움이 쏟아지는 밤

어둠이 깊어지는 적막한 밤
그리움이 내 가슴을 적시네
눈을 감아도 떠오르는 그때
마음 깊숙이 스며들어 온다

생각이 계속 이어지는 밤
어쩌면 이런 내 모습이
지난 날로 가고 싶은 건지
추억을 만지고 있는 건지

빠른 세월 원망하는 밤
잊힌 기억들이 다가오니
재미있던 그 시절 감정을
되새김 그림으로 그려본다

그리움이 쏟아지는 밤
이 밤이 지나면 어떨까
그리운 흔적들을 만날 수 있을까
아니면 그리움은 더욱 깊어질까.

낮에 나온 반달

푸른 하늘에 외롭고 다소곳이
잎 떨어진 나뭇가지 뒤에 숨어
어릴 때 배운 동요 생각나게 하고
내 마음 깨워주는 낮에 나온 반달

시간이 가고 계절이 변해도
언제나 높은 곳에 머물며
나이를 잊은 고운 모습으로
오랜 세월 고독을 감내한다

날이 저물어 조용한 밤이 되면
계수나무와 토끼 상상하며
꿈 많았던 그때로 되돌아가
추억의 연기 모락모락 피운다.

오솔길

무심한 시간
잡목 사이로 인적 드문
오솔길을 홀로 걷는다

발아래 떨어진 나뭇잎과
잡초에 저항하던 숲길은
하염없이 시름에 잠겨 있고
빛바랜 그리움에 흐느끼는
계곡 물소리보다 요란한
산새 울음 따라 두리번거린다

거미줄에 걸려 바둥거리는 나비
자비심 더하여 날게 해주니
파란 하늘 흰 구름이 나무 사이로
사공 없는 나룻배 되어 흘러간다.

어떻게 찾아야 좋을지

불지 않으면 거짓이 아니고
익지 않으면 과일이 아니고
지지 않으면 목련이 아니고
가지 않으면 손님이 아니고
알지 않으면 학문이 아니고
하지 않으면 사람이 아니지

그리하여
부지런히 나이를 먹다보니
70대 중반으로 볼품없이 서 있다

앞길이 뒷길보다 짧다는 걸 알기에
나 자신을 찾을 수 있는 나이 되었는데
한 발 한 발 천천히 움직이고 생각하면서
어떻게 찾아야 좋을지 고민하는 운산네.

산 너머 흰 구름

산 너머
저편 하늘에서
뭉실뭉실
흰 구름이 손짓한다

다정한 햇살은
비탈진 언덕에서 웃고
골짜기 건너에서
바람은 소리 지르고 있다

가파른 정상 너머
마실 가는 흰 구름 만나러
예쁜 호수 경치 뒤로 하고
숨 가쁘게 고갯길 오른다.

이삿짐 자동차

산들바람 타고 이삿짐 자동차가
햇살 가득히 시원한 바람 맞으며
손 없는 날 짐 싣고 목적지로 간다

이사 가는 명예로운 졸업이지만
아쉬운 마음 문턱에 남기고
정들었던 이웃은 서운한 맘으로
떠나보내는 석별의 인사 나눈다

이사 오는 영광스러운 입학이니
희망찬 기대로 하늘 보며 미소 짓고
낯선 호기심으로 맞이하는 이웃은
헤어짐과 만남의 엇갈린 바람 쐰다

새로이 장만한 집이니 무거운 짐도
부담스럽지 않다는 기쁜 표정으로
가족들 웃음소리 활기차게 번지며
사다리차는 부지런히 오르내린다.

파도

수평선 너머 말 전해주려고
사연 짊어지고 숨차게 다가와
쉬지 않고 한꺼번에 토하듯
이야기보따리 풀어 놓는 파도

바람과 구름이 서로 다투다가
구름의 눈물 말리려고
바람이 몰아붙여 속절없이
쏟아지는 빗소리 사연 전해준다

하얀 포말이 성나게 몰려오면
뒷걸음치는 겁 많은 모래와 달리
긴 세월 의젓하게 제자리에서
꿋꿋하게 버티는 함덕해안 바위.

돌하르방

구름을 먹었나
파도를 삼켰나
득도를 하였나

제주섬 바람 잦은 곳
두 손 가지런히 한 채
묵묵히 앞만 바라보고
오랜 세월 곧게 서 있는
묵직하고 순박한 돌하르방

물질 나간 해녀 친구
돌아오기 고대하며
비바람 몰아쳐도 미동 없이
수평선 너머 저 멀리
천상에서 부르는 소리
기다리는 우직한 남정네.

혼자만의 시간

길고양이 야옹 소리 사라지고
별 떨어지는 소리 멈추고 나니
혼자 고요히 생각할 수 있는 밤

눈만 깜박거려도 나타나는 그림들
웃다가 울며 세월 붙잡던 그 시절
지난 일들 뒤적이는 한가한 선비

남들은 가을 되어 서리 내린다 해도
이 좋은 나이 포근히 쉬고 편안하게
미래의 모습 행복한 설계가 기대된다.

가진 게 돈밖에 없어

젊음은 가을 따라가
봄을 희롱하며 오지 않고

명예는 흰 구름과 함께
하늘에서 서성거리고

힘은 골프장 그린에서
퍼터와 함께 굴러 가고

총명은 한때
친구였다는 것도 망각하고

부러운 것들은
먼 곳에서 웅크리고 있고

꿈은 유효기간 지나
소각장 곁에서 떨고 있고

주머니에 돈 만 원 있으니
순댓국이나 먹으러 가야겠다.

인생과 시

인생은
바람처럼 왔다가
구름처럼 흘러가고

황혼의
우정과 사랑이
청춘보다 아름답다

시인의
시상을 정리하는
꿈과 현실은 색다르다.

겨울비

어둠이 스며들고
겨울비가 추적거리며
창문을 건드리네

안개와 함께
나뭇가지를 쓰다듬고
조용히 땅을 적시네

나의 마음도
시린 겨울비에 젖어
찬 기운 속에 서성이네.

겨울 철쭉

겨울에 핀 흰 철쭉은
나를 반기는 그리움

아름답고 슬픈 추억
가로등불 곁에서
아직 나를 기다린다

철쭉 보며 걷고 있으니
밤길은 적막 속에 잠기고
사방이 싸늘해진다

그리움이 왈칵 달려드는
밤 깊은 산본역.

봄 색시 오는 소리

봄 냄새 가득한 들판 위에
꽃들이 흩날리며 춤을 추고
새들이 노래하며 봄을 알린다

작은 꽃들은 풀숲을 수놓고
바람이 부드럽게 어루만지고
햇살은 따뜻하게 녹아 흐른다

아지랑이 피는 하늘 아래
새롭고 영롱한 빛을 비추며
봄 색시 걸어오는 소리 들린다.

봄비 내리는 날

봄이 데리고 온 비가 내리니
새싹이 빼꼼히 머리 내밀고

차가운 하늘을 구름이 가려주고
얼었던 몸과 마음 녹여준다

푸른색으로 먼 산 색칠하며
다사로운 웃음으로 손짓하고

내 마음도 수줍은 봄비처럼
흐르는 시간에 젖어있다

겨우내 침묵으로 버틴 화단을
촉촉이 적시는 봄비 내리는 날.

이 대목에서

이 대목에서 잠시 말을 멈추고
여기 모인 모두의 술잔을 들어
우리들의 생각을 외쳐 볼까요

희망의 불이 비치는 길을 따라
꿈을 향해 달려왔던 우리 이야기
모두를 즐겁게 하는 모습으로

봄처럼 빛나는 노을이 가깝고
힘들고 어려운 날도 있었지만
함께 라서 모든 것 이겨냈지요

빛나는 꿈으로 가득 찼던 시절
이 대목에서 우리 잔 높이 들어
우렁찬 목소리로 '위하여'라고….

자택경비원에 배정되어

초판인쇄 _ 2024년 5월 10일

초판발행 _ 2024년 5월 17일

지은이 _ 박경호

발행인 _ 홍순창

발행처 _ 토담미디어

서울 종로구 돈화문로 94(와룡동) 동원빌딩 302호

전화 02-2271-3335

팩스 0505-365-7845

출판등록 제2-3835호(2003년 8월 23일)

홈페이지 www.todammedia.com

편집미술 _ 김연숙

ISBN 979-11-6249-154-6